VIRUTAS DE LA SOMBRA

Raúl Guadalupe de Jesús

VIRUTAS DE LA SOMBRA

Editorial Tiempo Nuevo

Virutas de la sombra, Raúl Guadalupe de Jesús
Primera edición en Puerto Rico: agosto de 2024

© 2024, Raúl Guadalupe de Jesús
℗ 2024, Raúl Guadalupe de Jesús

Todos los derechos reservados según la ley.

© Editorial Tiempo Nuevo
PO Box 368065
San Juan, Puerto Rico 00936-8065
Tel. 787.317.8435

www.editorialtiemponuevo.com
etiemponuevo@gmail.com

Queda rigurosamente prohibida, sin autorización escrita de los titulares del copyright, bajo las sanciones establecidas por las leyes, la reproducción total o parcial de esta obra por cualquier medio o procedimiento, comprendidos la reprografía, el tratamiento informático, así como la distribución de ejemplares de la misma mediante alquiler o préstamo público.

ISBN-13: 9798335636063

Editor: José Luis Figueroa
Fotografías de la cubierta: Leonardo Delgado Navarro

Hecho en Puerto Rico

*Para Esther, Rafael y Antonia;
amores vitales de mi existencia.*

Índice

11 | **Liminares**

Nostalgias Singulares
17 | ¿A que estás mordiendo las pajitas de la leche...
18 | La cerbatana nos dice...
19 | Máquina
20 | Diario Uno
21 | Correo de la Quincena
22 | Diario Segundo
23 | Dormir sobre delirio
24 | Cumbre y ceniza
25 | Fue enorme...
26 | Sinónimos
28 | Las flores ya no tenzan el aroma...
29 | Un molino de agua desborda sus navajas...
30 | Diario Tercero
31 | El siempre que no escurre
33 | Elegía
35 | Un arborescente imán fue ajando... Opúsculos
36 | La estatua sus dedos lanzan a su igual...

Opúsculos
39 | La estatua sus dedos lanzan a su igual...
40 | Homless
41 | El molino besa los cuerpos desde su metal ubicuo...
42 | Correspondencias
43 | Chaplin
44 | Melancolía de Trostky
45 | Leprechaun
46 | Responso a Octavio Paz

Ejercicios del Odio
51 | 1. Los huesos del triángulo
51 | 2. Los Sacerdotes
52 | 3. El método de la desventaja
52 | 4. El tamaño de un poema
53 | 5. Las herramientas
53 | 6. Un país de elefantes blancos

Ahora me despido
57 | Viejo, querido, viejo...

Liminares

> ... *rayo mortal el brazo combatiente.*
> Corretjer

A veces escribir sobre uno no es la mejor opción. Sucede que cuando la pobreza de la crítica es pan compartido, o un lugar común, se hace necesario testamentar lo que urge. En un país donde la colonizada academia juega a amiguismos, a mafia literaria y en donde el periodismo se ha confundido con la literatura hay cosas que pesan. Hoy sabemos de las biografías de poetas sin obra y del aplauso estridente de los medios que configuran la mediocridad.

Hemos olvidado las dimensiones epistemológicas que un verso puede ofrecer. Ese rumor subterráneo que el mercado no puede vender. Se ha optado por la palabra cosa.

La poesía se ha convertido en un lenguaje prosaico o en un psicoanalista errante. Y claro que la emoción es importante, pero es la compañera fiel de la razón; y sin ambas no se puede hacer un buen poema.

Los jóvenes poetas, como este servidor en su segunda juventud, debemos ser conscientes de la tradición literaria. Encontrar la voz propia es cernirla a través de esa tradición. Si se tiene conciencia de nación. Claro, ese concepto ha estado bajo fuego en la academia y la escuela colonial anti-puertorriqueña, antiguos defensores han sucumbido. La metáfora en la poesía más reciente, y quiero equivocarme profundamente, se ha ido al exilio no sé si por ignorancia o porque la televisión triunfó.

Encontrarte con un amigo trovador que te confiese que no lee poesía es un espanto. Todos quieren ser famosos, hay un narciso contemporáneo alimentando los egos. Ahora, hay escuelas para aprender a escribir un poema, un cuento, una novela y todos buscan la fama, y pienso en Albizu, la falta que nos hace. Luego de un periplo por los marxismos uno llega, en esta colonia yanqui centenaria, a Albizu como un vaso de agua fresca. Luego de escuchar voces de orígenes locales engrandecer la derrota desde la academia yanqui, uno tiene que volver a Albizu y darle gracias al historiador Benjamín Torres.

Creo que los escritores deben leer a los grandes de nuestra tradición. Con la oración anterior no digo nada nuevo, más bien expongo un credo. La palabra en cualquier género literario se esculpe al calor del fuego lento de los hornos. ¿Cómo no leer a *El leñero* y quedar intacto? ¿Cómo entrar al *Palacio en sombras* y salir intacto? ¿Cómo soltar los ojos sobre el *Animal fiero y tierno* y no comenzar a ver *La sílaba en la piel*?

Este libro, *Virutas de la sombra*, no constituye los versos deseados pero son los versos necesarios. Mas bien son los versos que intentan cifrar el rumor profundo de un poema, la humanidad, en la superficie para que los que tengan oídos que oigan. Son virutas que como hormigas buscan hacer su trabajo.

Son las *virutas* de una sombra que todavía busca conocer su propia voz. Poemas escritos entre los años de 1998 al 2011. Diversos momentos de escritura y reescritura. Buscando las dimensiones requeridas. Poemas de tema directamente político que asumieron el proceso de la escritura. En ellos la metáfora busca avenidas para que la lira no salga indispuesta.

Quiero agradecer a mi compañera amada, Esther I. Rodríguez Miranda, su lectura paciente y detenida de estos poemas, y sus sugerencias editoriales muy acertadas. Para ella, un beso como una estrella. Sin embargo, debo dejar claro que todos los textos son responsabilidad exclusiva de su autor.

12 de marzo de 2012
6 de agosto de 2020

Nostalgias Singulares

¿A que estás mordiendo las pajitas de la leche,
al maje que se cuela en tus oídos?
¿A que te quitas la ropa sin pensar en la batalla
ni en esa caja de ríos que llevamos en el cuerpo?
Todo destila una eterna jugada de Pocker
los naipes truecan nuestros dedos
para sollozar la circe oculta,
la sustitución del mago,
el lamento de oráculos urbanos,
el fino sonido en la clave de las tibias
o la hierba que tritura los inciensos.
El engranaje vuelve a marcarnos los aceites
de la hojalata iluminada,
de ese esmalte de una sombra boca bajo,
corramos,
no esperemos al diente mecánico en las sienes.
Lanza la trampa marina en sus tobillos
a su olfato de silencio obtuso
que has cultivado dentro de tus huesos.
Piérdelo,
esconde sus caminos
desde el dulce humo de la voz.

a Miguel A. Santiago

La cerbatana nos dice a la puerta del oído:
"deshoja los molinos para que podamos
tocar la virtud de las estrellas."

Máquina

Observo frío tus metales,
el cuerpo te abre un puente,
el tiempo que imantas,
la piel de sumas finales e invisibles,
alargas tus dientes tenedores
hacia la colonia de poros
que hieden silencios quemados.
Ya la mirada sólo sabe un color,
ya el olfato siente la ceniza oculta
y el aliento refleja el ritmo impuesto.

Necesitamos sólo lanzas como sedas
para esfumar rodillos.

Diario Uno

La hora de las siete hipnotiza
el día cae tierno
su luz no es singular,
y no hay nadie a mi lado.
Las paredes blancas suman clavos mustios,
hoy todo lugar muele duro
zumba con su pesado aluminio
y no tengo el arnés para doblegar gigantes.
Morir es no poder ver el agua
un tiempo con puntas de misiles.
Debo entender por todas
que mi coraza de tortuga es de limo
que se ha extraviado la segunda voz,
y no hay nadie a mi lado.

Correo de la Quincena

a Juan Antonio Corretjer

Viejo, ayer recibí tus cartas espesas.
Creo que hay cosas que se deben discutir:
la cifra huracanada de tu voz es un tema
o esos temas de oráculos muy tuyos,
tu manía del papel y los silencios.
Aunque en ese otro lugar suave y denso,
orgánico,
donde descansas,
debes estar muy ocupado
cumpliendo tu tarea de despertar
a los perseguidores.

Diario Segundo

Un árbol más allá del cristal
me da a beber de su vejez,
sus arrugas ancladas en el paroxismo
de mi vista
tienden sus vacíos.
Sus ramas me dicen suavemente
que ya no pueden soportar
sobre su piel la volandera;
que guarde la energía para el primer encuentro.
Escuchando su voz encaramada sobre el viento
decidí hervir la piel en soledad,
donde la araña del mar regala pétalos de armiño
y descansar sobre una partícula de estrella y
su viento.
Hoy los jugos del puñal han limpiado
los ecos, y la sonrisa de un cadáver
posa el traje de un antiguo beso terrenal.
El árbol más allá del cristal
suma los puntos del combate.

Dormir sobre delirio

Las tuercas buscan su metal
el límite de la otra cara
viste pesadillas
paredes blancas, largas y constantes,
cuerpos comiendo y defecando horas.
         Correas de transmisión
himnos prófanos,
                candelabros negros
dormir   leer un libro
prender algunos artefactos
observar el sexo preferido
todo ensamblaje hiede a Pavlov
                la rutina saliva otro lado
                    / del esquema.

Cumbre y ceniza

Viene el humo de la hormiga
con su caravana de migajas
a sumergir la cumbre y los espasmos del agua.
La línea fugitiva se escapa
hacia el rocío trepado bajo el trébol de una voz.
El eco rompe praderas.
Un podador gigante mastica tendones anónimos,
se nos hace aromático de aceites,
abre caminos con su enorme trompa
sin soltar monotonías.
El trigo parece carabela
donde una ceniza murmura su ojo de miel
y se topa con el anillo perdido en la batalla.
Ahora se podría leer el fulgor de la libélula,
sus puntos cardinales,
el beso gris y sus escamas
con el humo suelto
desde los perdones de la tierra.

Fue enorme,
la sombra nos crece centímetro a centímetro.
Y no la vemos,
pues los vasos se pasaban
presintiendo las ausencias.
Nuestros olores sulfuraron,
el costado siempre recostado a la caricia,
no obstante, los cansancios.
Fue la hora de ver la piedra nacida en el pie,
la frontera de hojas nadando nuestros ojos,
buscando con la sed necesaria
recibir la confirmación del uno al otro
o el cambio de los nombres.
No lo podemos negar hubo muertos,
santo y seña lo hecho es imborrable
también comer silencios,
un cuarto de arena y un cuarto de aceite.
Se deben levantar nuevas maneras,
un idioma de pinturas:
abre los colores desde el suelo,
tal vez un nuevo curso de las aves
mientras vemos a la sombra crecer
en la latente invasión de los venenos.

Sinónimos

Decir las temperaturas de las frutas
cuando mordida se figura su otro lado
es saber una travesura minuta
sin mapas ni caleidoscopios.
La tinta espera sin frutas
tiene ya sus manchas sus propios aspavientos,
viene vestidita de domingo
a escribir su testamento
a decir que los huesos despiden un líquido rancio
en el fondo de las sombras,
a escribir urgencias de tranquilo aljibe.
Se asoma sin banderas de tregua,
quiere sentirse estirpe de las primeras marcas:
los pies en el tronco,
el susurro de la piel
o los labios al borde de una taza.
Una danza de agujas
pide tatuajes para el aire
clama su versión:
el limo que es la memoria del agua
trota sus orgullos,
no hay remedios, el sinónimo
escupe sus tentáculos,
la lengua filtra los secretos
y los suelta tranquila.

Cuando todo el mundo sabe y nadie sabe nada,
quién sembró el estallido de una flor sobre la
muela móvil,
quién es el vecino,
si hace útiles trabajos
o no duerme en su casa,
siempre se recela del que no sabe tener memoria
y todo lo recita.
Se sabe entonces de la masa,
ese alfabeto tan antiguo
que todavía hebra los besos del mar
en las orillas.

Las flores ya no trenzan el aroma,
el anciano rutinario nos regala lluvias
cada vez que exclama sus latidos,
el verde se sucede en si mismo,
la mañana recoge sus tinieblas
divulgando la materia de las nueces,
hay evidencias, documentos transparentes
de que adoramos a los árboles,
se colecciona sangre en las arenas de la playa
donde el anciano rutinario ristra las palabras,
el año cero en la boca
y los escudos de la ortiga.

Un molino de agua desborda sus navajas
las ciruelas sudorosas que escapan del cariño.
      Pude leer cartas en las paredes frías,
cuando electrizante el seno turba los arcos
su rabia detiene la irrupción por las ventanas,
      capuchas negras hieden monasterios.
Nada merodea las esquinas oficiales,
los mineros se cansaron de la tierra,
el estaño puede flores y lucir circo.
La armadura salada
mueve los molinos de agua,
su olor en los bolsillos.
¿Por qué duele el silencio?
será por pesar nuestros recuerdos en el lago.

Diario Tercero

El mar se calla
sus cabellos de almidón levantan a la sal.
Tampoco el sol es claro
el tiempo cae a desdén de polvo,
un remolino escala la lectura de la tierra.
Hoy aprendemos los lenguajes del insecto,
los astrolabios de la sangre podan los patios delanteros
sin tomar el descanso cotidiano.
Un retrato saluda
al Este melancólico en la brisa
a la tuerca que incómoda el final de la cadena.
El mar sigue callado
una botella juega al trapecio
de un mensaje en las espumas.

El siempre que no escurre

Aquí el siempre ya no ata los caminos
Aquí la ternura oculta su morro de silencios
Aquí no se puede, las navajas de la tierra
/ ya no giran.
No se puede vestir uno con el agua
ni ver las lentas llamas en el centro de las piedras.
No se puede hilar sobre imposibles.

Un viento enjuto y cansado nos retrata
las quiebras argonautas del Este.
Heráclito tiene el peso de los mundos.
Todo se mueve sobre el mismo torbellino,
giran los murmullos, el tumulto,
los nidos construidos son pechos,
no hay vuelo sólo para el uso,
no hay comunión,
sólo entrevistas privadas del dios particular.
Sabemos que en el más allá
hay una selva Lacandona
y miles de miradas esculpidas al camino.

Las rigurosas curvas del instante
pesan granadas de lluvias
suculentos proyectiles aderezados de madera
donde el siempre rasca su corteza musgosa.
El siempre siempre
es arma enmohecida,
y los años
revoltijos de aire, nube y piedra....

Elegía
                    a FOR

Camarada, volvemos a estar mosquete viejo
junto a la orilla crujiente y transparente.
Hemos visto el cristal lloroso
    la angustia y la sabiduría invernal.
No se pueden negar los tratados de paz
se ha coronado el silencio
    su añejo humo despedido de la lengua.
Se debe remendar el aliento
    la caja de recuerdos sus cortezas vacilantes
el oído deseoso el dedo tronado
    orbitan proyección a la gota rutinaria.
El callo definido por arrecifes constelados
    se vierte tarea o locura marina.
La ínsula transgrede
    es una nave almacén cadavérico y estiércol.
Mueve su flogisto, tropo
    desbocado del monte,
sus remolinos de brotados sortilegios
    dardos invisibles,
vestidos de ternuras y muerte inteligente.
Camarada, querido camarada
    esperamos donceles de estaño,

la armadura líquida el escudo salado
   y el puñal de viento en el cinto.
Sólo es necesario uñas para virar la tierra
    y despedir la soledad en el mismo tiesto de
la sangre.
Prohibir el olvido del camino
    pues ¿para que existen las migajas de pan?
su huella eterna.
Camarada de neblinas tiesas
   no sé donde habitar la lengua si en la madera
o en la escafandra anónima.
¿Cómo espantar la marca bautismal de los molinos?
Solo sé del eco submarino
   del buque que nunca se hundió
del limo de los cuerpos dispuestos.
Nos veremos nuevamente
en la consigna milenaria
   torciendo ojos sus ungüentos
sobre el testamento de la muerte y la angustia
del rinoceronte que posó su regía armadura
en la naturaleza del tiempo
y sus voces de relámpagos.
La locura es agua fresca, Camarada.

Un arborescente imán fue ajando
los huecos sonoros del molino.
Cuando el primer rostro dijo
con esa mueca de voz
la sentencia, la litúrgica verdad
proyecta sobre toda superficie los misterios,
la raíz de los pasos destilados
despejó la diferencia entre el cuerpo y la madera.
Entonces a la mueca de la voz
se le perdió la sombra
y supimos el capítulo más insolente
en nuestro tiempo,
cuando el mero acto de la televisión
rizó la sangre del camino.
No obstante el agua hizo su pequeño trabajo,
coló en todo el aire, en toda célula afilada
esa cajita de cobre que sumó nuestros costados
y declaramos la guerra más hermosa:
la de llegar hacia el lado para ver la comunión
de la voz
 y así repartir la energía de hombro a hombro,
saber que el aire y la tierra nos pertenecen desde
siempre,
ver al gendarme con sus ojeras de elefante
y sólo decirle con la mirada más casual
que hay un espacio en su cuerpo donde no llega
su armadura.

Ya la mueca de la voz provocadora
no puede hilar la imagen sobre el viento,
el hermoso duelo va esparciendo
su alquímica galaxia,
ya no se teme decir lo que nos pertenece.
El imán ojo cotidiano
sabe donde prender el arroyo de fuego
al molino
a ese dragón metálico que perfora las entrañas.
Hemos vestido el instante de la loriga del mundo
nuestro acento a velocidad profunda
va marcando la bitácora del ser
desde el mercurio.

Opúsculos

La estatua sus dedos lanza a su igual
y se pierde al distanciarlas.
No se encuentran señales de mármol
tampoco el bronce puede corregir.
El imán riega su camino,
lleva un tibio beso de escorpión
en la levedad de sus hazañas,
se nace desde el plomo de una flor
tronada de garfios insulares.
¿Quién sabe?

Homeless

Día pesado sin sentir hasta el silencio.
Nadie habla. Las miradas esquivas no quieren verse.
Pesan su armadura de carbono y del esnob.
Estiro la mano no cae nada,
doy vueltas y más vueltas,
las hormigas pasan.
Todos llevan algo de mi anonimato
debajo de los hombros.

El molino besa los cuerpos desde su metal ubicuo,
traza mercurio su carroña
los puntos del talón,
no hay hoja que puedan embriagar.
Siempre consume las geometrías de sus huesos
igual al indio que levantó las catedrales,
la ausencia el probador de variadas vestimentas,
la copa sin vacíos del hueco cimarrón,
el libro yerto con idioma envejecido.
Mientras la distracción del arquitecto
avanza la invasión sigilosa de papagayos y pumas,
y su relámpago de voz debajo de la piedras.

Correspondencias

Hablar es persuadir a la compra
mirar es posiblemente archivar la imagen
sentarse y descansar es seguir rodando la noria útil
se dice ¡Buenos días! y se desbordan todos
los tendones de la necesidad.
Si tomas una soda es seguir preñando
a un pulpo sentado sobre las faldas del planeta.
Ante tanta telaraña se puede optar por un Chamán
pero quién asegura que su palabra no sea
una versión de algún sello editorial.

Chaplin

Juguetón duende de la vista
en aquel día la gente despidió llamas de la boca
que deslumbraste con tus enormes
escudos nocturnos
        el buche del ojo
           la punta venenosa su mirilla
             las molientes cadenas de ensamblajes
su movimiento mostraste apostado al labio de
la risa
badajo mudo
roedor de Modern Times.

Melancolía de Trostky

El melancólico Trostky busca la emoción
en su estación más terrenal,
sigue asestando sus canastas de mañanas
en los pies del paso mecánico que ha congelado al aire,
sube con los australes recovecos
a dejar un mensaje ambiguo y carnoso en los oídos,
se presenta con el incienso más astuto
a trazar una nueva geometría egipcia
y refriega la escritura sobre el polvo
desde la constelación estratega de una estrella.
Heraldo tierno
que pulsas alfileres
a la esfinge precisa de la abeja.

Leprechaun

No nos enseñes el oro,
sólo la poción donde el tiempo nos escude.
Danos la hazaña de la influenza
con la que podamos revolver las manecillas del reloj.
Queremos que el cierre de los ojos ante el Sol
sea una mirada profunda.
Llévanos al pulmón monstruoso
de este pastor industrial,
a su cueva, a su simple laberinto;
allí donde el bagazo cautivo
levante sus antípodas
voces manuales.
Una estaca de plomo en el aire.

Responso a Octavio Paz

I

Antes de la pintura en la cueva,
antes de la oración alrededor del fuego,
antes del ritmo en la boca
estuvo el planeta más acá de siete días
y sus noches
penetrándose asimismo,
bañado de azares y energías.
La miel en lava lenta
figuró las primeras miradas.
El manantial suave predijo espejos
el sostén sobre los pies
y la extensión de las manos
fue luego la palabra,
imagen en las piedras.

II

Estoy contigo: hay que revestir el presente.
Pero no con mundo de espumas y pompas de sonidos.
Los molinos y sus cronometradas sardinas segan lo imposible.
                                      Estoy contigo.
Lo único posible no es el principio del pasado.
A la historia la bifurcó cualquier magno alejandro
                                de esos principios
No fue caída fue quebranto,
niño de tres años suelto en un jardin...

III

Dices del silencio
espacio hueco
               sin hiatos.
El trance de un mudo sonido
podría servir las mesas
               y dotar de humanidad a los tornillos.
Entonces el futuro inexistente.
Si el verso no es más que habla del presente,
si el mundo es una oración
¿será necesaria la tierra para soltar la boca?

Ejercicios del Odio

1. Los huesos del triángulo

Los huesos comunican un triángulo. Son huesos insulares, escapados del dictado divino. Todo es fuga queriendo ser particular y ajeno hasta la muerte que hoy adorna los oficios cotidianos. El delirio sobrepone una madeja de pisos carcomidos a la materia prima del tacto que no puede acertar la uña en la piñata y por eso Kant, al margen de su voluntad, alimenta los pactos en los palacios oscuros. Los huesos han anidado su humedad, enhebran una densidad de hongos a las manos, imponiendo a los fragmentos un telar de tosca blanca movediza. El triángulo huso de los huesos no ha cesado de vestir a la isla de camino hermoso.

2. Los Sacerdotes

A finales de siglo todos los países se llenan de genuinos sacerdotes. Son singulares, tiernamente propios desde la espesura de su cielo para el verso inconfundible. Hablan siempre de dos caminos en su explicación del devenir. Sus disertaciones sobre la sustancia apodíctica de los panteones nos descarrila el olfato. Figuran un túnel de estaño moldeado a nuestras tibias. Son eslabones de quimeras servidas a la mesa en las tardes adornadas de himnos numimásticos. De ahí que las iglesias cultiven el reloj con su lenguaje de campanas. Los sacerdotes son los sofistas exactos de las partes del triángulo, guardianes de su mecha dorada y los sopladores de estrellitas al ego encandilado.

3 El método de la desventaja

Se pueden ver interrogaciones desnudas desde su médula. La suavidad que produce Vivaldi en invierno hace un recodo reflexivo. Desde que nos situamos con el hijo de la retirada precisa, las almohadas no dejan de conjugar su hilo, duro cómplice del oído y del vaso albañil que cierne la estrategia sin pompas ni platillos, callado, puliendo las escalas de virus insolubles. Las herramientas descansan espumosas con la greba y el recuperado filigrana. El tino siempre quiere descoser estalactitas sin llamar mucho la atención.

4. El tamaño de un poema

Un seudoexplotador lanza su quejido de la ausencia de hazañas memorables. Es obvio, su lupa carga con el hurto de la imaginación.

¿Quién dice que Ho Chi Minh no dio una extensión singular a las antigüedades chinas hechas en París? Todo depende de la topografía del cristal. ¿Quién dice que la idea no es sensibilidad de la materia? Tal vez un dedo escarbado tenga las estrofas necesarias y un poema no es más que un paisaje desbocado del tamaño desdoblado de una hormiga o un estucado ebrio por la tradición de las cenizas cansadas del diseño.

5. Las herramientas

Los fragmentos del odio brotan periódicamente desde el silencio. Amuelan levemente el cristal que pretende el desvío de los aviones. El desgaste de las tuercas es equivalente al de la imaginación. No basta con lanzar piedras al aire ni tampoco pulir los cantos dorados escoceses. Hay que ensañarse en la producción de caracoles guardianes infinitos de memorias. A las almejas se las debe comenzar a comprender desde la función de las desapercibidas cejas. Solo así veremos al universo matemáticamente deducido en el espacio de una uña. De cada punto odioso flota la figuración de Némosine. Después de todo las herramientas se desprenden de la espada encendida.

6. Un país de elefantes blancos

Mi país fue construido con madera de gopher, la simiente que extrajo Caín de Nod al oriente del jardín primerizo. Caín fue el primer labrador, su crimen fue el preludio de la competencia; por eso Jehová lo protegió. Mi país viene de esa estirpe, tiene a su vez no sé cuantos codos de ancho, cuantos codos de largo y ni de elevación. Si sé que los diseños del gopher eran de elefantes blancos copiados de los dibujos encontrados a orillas del Gihón, el segundo río que borda la tierra de Etiopía. La simiente de gopher, en el tiempo en que la calabaza no pudo contener su equilibrio de fantasmas, se vio obligada a refugiarse en el mar, no sin antes haber sido acariciada por un arqueólogo que le hurtó el diseño de elefantes blancos y se lo vendió al gobierno localmente extranjero de mi país.

Debido a esto la mayoría de los habitantes despiden una trompa larga de sus hombros, descarriada, anestésica, con una inconsciencia tierna de su gopher.

Ahora me despido

hila la vida el labio que te nombra
JAC

a Corretjer, marzo de 1998

Viejo, querido viejo
hoy he pensado en tus árboles,
tu mirada suave de llovizna
matinal
alimenta la sonrisa,
tu boina celeste marcó la estrella del recuerdo,
que esta isla es más que una gramática europea
que de lo oculto hay que andar a tientas
y que la distancia es agua fugitiva en busca de su cauce...
    Todas tus palabras hoy vuelven a llenar de rosa al lodo
la fuerza en lo imperceptible más preciado
donde el viento a las cenizas remedie de sus fuegos,
las canicas hondeadas directas al molino deben
                              / *ser eterna anáfora.*
    Hoy cuando acaba el milenio
        siento la oquedad,
tu mirada revelada es testamento,
nuevas especies desean la precisión del universo
en una uña,
la galáctica mirilla tuerce lo contrario
que no sabe la astucia
ni del peligro engendrado al nacimiento,
el silencio también madura el porvenir
y una ráfaga sombreada viste tiempo ubicuo.

*Desde la hamaca universal
hablas sobre los granizos de la luna,
del tierno estallido de las cosas
y el dulce manantial que dejaste
abre a un siglo
donde trocaremos
las palabras por la boca.*

Otros títulos de Editorial Tiempo Nuevo

Cantos de la patria armada
        de Josemilio González
Obra poética
        de José de Jesús Esteves
Obra poética
        de Jesús María Lago
Las huríes blancas y El Rey de Samos
        de José de Jesús Domínguez
La última estrofa
        de Rafael del Valle
Sísifo
        de Luis Muñoz Rivera
La protesta de Satán
        de Félix Matos Bernier
Canción de las Antillas
        de Luis Lloréns Torres
Los silencios de oro y otras poesías
        de Antonio S. Pedreira
Sor Ana: Poema en dos cantos
        de José de Diego
Sonetos sinfónicos
        de Luis Lloréns Torres
Canto Nacional a Borinquen
        de Francisco Matos Paoli
Signario de lágrimas
        de Francisco Matos Paoli

www.editorialtiemponuevo.com

Made in the USA
Columbia, SC
14 November 2024